VENTE

des Lundi 22 et Mardi 23 Févr.

HOTEL DROUOT, SALLE Nᵒ I

VINGT BELLES TAPISSERIES

ANCIENNES

Beaux Sièges et Modèles de Sièges

MEUBLES ANCIENS & DE STYLE

EN BOIS SCULPTÉ

Marqueterie, Vernis Martin, etc.

Sculptures, Bronzes d'Ameublement

EXPOSITION PUBLIQUE

Le Dimanche 21 Février 1892, de 1 h. 1/2 à 5 h. 1/2

Mᵉ G. DUCHESNE	**M. A. BLOCHE**
COMMISSAIRE-PRISEUR	EXPERT
Successeur de Mᵉ ESCRIBE	*Près la Cour d'Appel*
Rue de Hanovre, nᵒ 6	Rue de Châteaudun, nᵒ 25

PARIS — 1892

IMPRIMERIE ÉDOUARD DUROY HENNEQUIN

CATALOGUE

DE

VINGT BELLES TAPISSERIES

des XVI, XVII, XVIII et XIX Siècles

ÉTOFFES BRODÉES — TAPIS D'ORIENT

Peintures décoratives

BEAUX SIÈGES ANCIENS ET MODERNES

Recouverts en Tapisserie ancienne, Velours de Gênes, Soieries, etc.

MODÈLES DE SIÈGES

MEUBLES ANCIENS ET DE STYLE

En Bois sculpté

Belles Consoles, Glaces, Bahuts, Vitrines, Cheminées, etc.

Meubles en Marqueterie, Vernis Martin, Palissandre, etc.

BRONZES D'AMEUBLEMENT

Sculptures en Marbre et en Terre cuite

DONT LA VENTE AUX ENCHÈRES PUBLIQUES AURA LIEU

Par suite de dissolution de Société

Et en vertu d'une autorisation du Tribunal de Commerce de la Seine, en date du
3 février 1892,

HOTEL DROUOT — SALLE N° 1

Les Lundi 22 et Mardi 23 Février 1892, à 2 heures

Me G. DUCHESNE	**M. A. BLOCHE**
COMMISSAIRE-PRISEUR	EXPERT
Successeur de Me ESCRIBE	Près la Cour d'Appel
Rue de Hanovre, n° 6	Rue de Châteaudun n° 25

Chez lesquels se distribue le Catalogue

EXPOSITION PUBLIQUE, le dimanche 21 février 1892, de 1 h. 1/2 à 5 h. 1/2

CONDITIONS DE LA VENTE

Elle sera faite au comptant.

Les Acquéreurs paieront, en sus des adjudications, CINQ CEN-
TIMES PAR FRANC.

Aucune réclamation ne sera admise une fois l'adjudication
prononcée.

Paris. Impr. Ed. Duruy, 22, rue Dussoubs.

TAPISSERIES

ÉTOFFES, TAPIS

PEINTURES DÉCORATIVES

1-6 — Belle suite de six Tapisseries anciennes à sujets allégoriques. Chaque composition est placée sous un portique à colonnes torses surmontées de chapiteaux corinthiens et enguirlandées de fleurs et supportant un entablement à cartel et guirlandes de fleurs.

La 1ʳᵉ : H. 3ᵐ 35 ; L. 3ᵐ 60.   La 4ᵉ : H. 3ᵐ 30 ; L. 3ᵐ 62.
2ᵉ : H. 3ᵐ 35 ; L. 5ᵐ.   5ᵉ : H. 3ᵐ 35 ; L. 4ᵐ 40.
3ᵉ : H. 3ᵐ 35 ; L. 3ᵐ 15.   6ᵉ : H. 3ᵐ 35 ; L. 5ᵐ 75.

7 — Belle Tapisserie du temps de la Renaissance, représentant des seigneurs chassant des animaux sauvages. Large bordure à figures allégoriques, tritons, vases de fleurs, etc. — H. 3ᵐ 22 ; L. 4ᵐ 95.

8 — Tapisserie du temps de la Renaissance. Sujet guerrier à petits personnages. A droite : deux personnages, dont un agenouillé implore la clémence du vainqueur, suivi de son armée. Bordure sur trois côtés, à figures allégoriques, fleurs et fruits. — H. 3ᵐ ; L. 1ᵐ 55.

9 — Belle Tapisserie de la fin du XVIe siècle, représentant des
seigneurs chassant le cerf. Large bordure à fleurs et fruits avec
médaillon rond à figures aux angles. — H. 3^m 30 ; L. 3^m 80.

10 — Tapisserie ancienne. Verdure avec fontaine et oiseaux. Bordure à fleurs, montée en portière doublée en andrinople, avec
franges en laine. — H 2^m 40 ; L. 2^m 10.

11 — Deux beaux Panneaux en tapisserie d'Aubusson moderne,
représentant des paysages animés d'oiseaux, avec bordure. —
H. 3^m 50 ; L. 2^m 70.

12 — Panneau en tapisserie ancienne. Paysage avec volatiles.
Bordure à fleurs et oiseaux. Doublé en andrinople avec frange
en laine. — H. 2^m 68 ; L. 3^m 90.

13 — Panneau en tapisserie ancienne. Paysage avec volatiles.
Bordure à fleurs et oiseaux. Ce panneau a formé deux portières
doublées en andrinople. — H. 2^m 68 ; L. 3^m 60.

14 — Autre Panneau en tapisserie ancienne avec même bordure.
Forme une paire de portières doublées en andrinople. — H. 2^m 60 ;
L. 2^m 45.

15 — Autre paire de Portières en tapisserie ancienne avec bordure.
Doublées en andrinople. — H. 2^m 70 ; L. 2^m 60.

16 — Panneau formant portière. Verdure avec volatiles. Bordure
à fleurs et oiseaux. Doublé en andrinople. — H. 2^m 68 ;
L. 1^m 45.

17 — Tapisserie ancienne. Verdure avec oiseaux. — H. 2^m 70 ;
L. 1^m 85.

18 — Tapisserie ancienne. Combat de cavaliers, avec bordure. —
H. 2^m 50 ; L. 2^m 70.

19 — Portière en tapisserie ancienne. Verdure avec château ; avec
bordure. — H. 2^m 40 ; L. 2^m 40.

20 — Beau Couvre-pied en soie blanche brodée en couleurs à fleurs et oiseaux. Travail portugais ancien.

21 — Autre Couvre-pied de dessin analogue; même travail.

22 — Grand Tapis en soie de Chine rouge brodée en couleurs à fleurs et oiseaux, monté en portière en satin bleu, avec frange et embrasse en soie.

23 — Autre grand Tapis en soie de Chine crème brodée en couleurs à fleurs, bordure à personnages, monté en portière en satin bleu, avec frange et embrasse en soie.

24 — Autre grand Tapis en soie de Chine jaune brodée en couleurs à ornements et fleurs, monté en portière en satin bleu, avec frange et embrasse en soie.

25 — Autre grand Tapis en soie de Chine bleu faïence brodée en couleurs à fleurs et papillons, monté en portière en satin bleu, avec effilé et embrasse en soie.

26 — Deux Rideaux en satin de Chine vieil or brodé en couleurs à fleurs, avec effilé et embrasses en soie.

27 — Beau Tapis de table en velours de Gênes bleu verdâtre.

28 — Tapis de table en drap rouge, avec large bordure en peluche et broderie.

28 *bis* — Fausse Cheminée en velours avec applications et broderies, style Renaissance.

29 — Tapis carpette Soumak, fond rouge à dessin polychrome. — Long. 2^m 10; Larg. 1^m 60.

30 — Beau Tapis carpette turcoman, dessin Yaprac, à décor polychrome sur fond rouge avec bordure. — Long. 6^m 35; Larg. 4^m.

31 — Autre beau Tapis carpette de même provenance et de même décor. — Long. 6m 05 ; Larg. 3m 25.

32 — Grand et beau Tapis d'Aubusson, style Louis XVI, fond chamois clair, avec treillis de feuilles de laurier et semé de roses ; au centre, une rosace de fleurs entourée d'un ruban bleu et d'une grecque Bordure à rinceaux et grecque.

33-36 — Tapisserie, Étoffes et Tapis non catalogués.

37 — Suite de cinq Dessus de porte peints en camaïeu par Karbowsky, dont un représente un vase de fleurs et les autres des sujets d'amours.

38 — Quatre Dessus de portes, peintures sur toile de l'École française : paysages avec figures représentant les quatre saisons.

SIÈGES & MODÈLES

39 — Beau Meuble de salon, en noyer sculpté et doré, style Louis XVI, recouvert en tapisserie ancienne à sujets tirés des fables de Lafontaine, composé de : un Canapé et huit Fauteuils.

40 — Six Fauteuils, en bois peint en vert, époque Louis XVI, couverts en tapisserie ancienne, à draperies et vases de fleurs.

41 — Quatre Fauteuils, époque Louis XIV, garnis en tapisserie ancienne, les dossiers à figures et les fonds à sujets tirés des fables de Lafontaine.

42 — Deux Fauteuils, en bois sculpté à fleurettes, époque Louis XV, couverts en tapisserie ancienne, les dossiers à figures de Chinois et Chinoises, les fonds à animaux et oiseaux.

43 — Deux petits Fauteuils Louis XVI à médaillon, recouverts en tapisserie ancienne, dont un avec sujet : « Le Renard et la Cigogne. »

44 — Quatre Fauteuils à médaillons, du temps de Louis XVI, couverts en ancienne tapisserie à fleurs.

45-47 — Meuble de salon du temps de Louis XVI, en bois peint en gris, composé de : quatre Fauteuils et quatre Chaises, modèle à lyre, une Table de milieu et une Console.

48 — Un Canapé, deux Fauteuils et deux Chaises, en bois noir et or, recouverts en imitation de tapisserie, style Louis XIV.

49 — Très beau Fauteuil, en noyer sculpté, à contrefond or, décor à guirlandes, rosaces, feuilles d'acanthe, d'après les dessins de Delafosse, style Louis XVI, garni en velours de Gênes vert bronze.

50 — Très beau Bois de Canapé, de même modèle que le Fauteuil qui précède.

51 — Très beau Bois de Chaise, de même modèle que les deux sièges qui précèdent.

52 — Très beau Fauteuil, en bois sculpté et doré, modèle à coquilles et roses, d'après les dessins de Delafosse, fond et dossier garnis de canne dorée.

53-54 — Deux Fauteuils à bascule, en bois sculpté et doré, à double médaillon et fleurs, dessin de Delafosse, couverts l'un en lampas bleu, l'autre en gourgourand cramoisi.

55 — Deux grands Fauteuils, bois sculpté et doré, style Louis XIV, recouverts en velours de Gênes fond crème.

56 — Grand Fauteuil, en noyer finement sculpté, en partie doré, style Louis XIV, couvert en velours de Gênes rouge.

57 — Fauteuil, style Henri II, à bois recouvert en drap, décoré d'applications de maroquin.

58 — Fauteuil, bout de pieds en bois doré, style Louis XV, couvert en ancien lampas, vieux bleu.

59 — Fauteuil italien, en bois sculpté, noir et or, couvert en velours de Gênes fond crème.

60 — Beau Fauteuil, style Louis XIV, en noyer sculpté, à fleurettes, garni en lampas fond rouge.

61 — Beau Fauteuil, en bois sculpté et doré, style Louis XVI, couvert en tapisserie d'Aubusson, à dessin rose sur fond gris.

62 — Grand Fauteuil, style Louis XIV, en bois doré, garni en lampas fond blanc.

. 63 — Fauteuil à médaillon, style Louis XVI, en bois sculpté et doré, modèle à vase et guirlande, couvert en satin brodé.

63 *bis* — Fauteuil, style Louis XIV, en noyer sculpté à fleurettes, à rehauts d'or, couvert en velours de Gênes grenat.

64 — Petit Fauteuil, style Louis XVI, en bois doré, couvert en lampas fond rose.

65 — Fauteuil, style Henri II, en bois sculpté, bras à têtes de bélier, couvert en cuir de Cordoue ancien.

65 *bis* — Fauteuil en bois sculpté à piastres, style Louis XVI, recouvert en velours de soie vert.

66 — Bergère, en bois sculpté et doré, à couronne de roses, d'après les dessins de Delafosse, garnie en lampas ancien.

67 — Bergère, style Louis XV, bois doré, couverte en velours bleu gaufré.

68 — Bergère, en bois doré, couverte en ancienne étoffe de soie bleue.

69 — Deux Bergères Louis XVI, bois sculpté et doré, à grands rais de cœurs, en partie anciennes.

70 — Marquise, en bois sculpté et doré, style Louis XVI, garnie en faille gris perle.

71 — Deux Chaises, en noyer, couvertes en soie ancienne cramoisie, avec broderie Renaissance.

72 — Chaise, style Louis XIV, en bois sculpté et doré, à coquilles, couverte en lampas fond paille.

73 — Chaise, style Louis XVI, en bois doré, couverte en tapisserie ancienne à vase de fleurs.

74 — Chaise, bois sculpté, peint en gris, style Louis XVI, modèle à vase, couverte en tapisserie à la main.

75 — Chaise, style Louis XVI, bois doré, couverte en brocatelle.

76 — Chaise, style Henri II, en noyer sculpté, couverte en damas bleu brodé.

77 — Chaise, bois sculpté, noir et or, à barreaux, style Louis XVI, couverte en velours de Gênes.

78 — Deux jolies Chaises, style Louis XVI, en noyer finement
sculpté, à rubans et fleurs, pieds à faisceaux de flèches, couvertes en velours de Gènes.

79 — Chaise, style Chinois, bois noir, à dossier sculpté.

80 — Petite Chaise chauffeuse, style Louis XVI, en bois noir et or,
couverte en velours rouge à bandes.

81 — Chaise Louis XIII, à bois recouvert en ancienne tapisserie au
point à figures.

82 — Chaise, style Louis XVI, modèle à lyre, en bois blanc et or,
couverte en lampas ancien fond rose.

83 — Chaise en noyer sculpté, style Louis XIV, garnie en damas
de soie rouge.

84 — Deux Chaises, bois doré, style Louis XVI, garnies l'une en
satinette, l'autre en toile douce.

85 — Banquette, style Louis XV, bois sculpté et doré, foncée de
canne dorée.

86 — Deux Bois de canapé, en bois sculpté, style Louis XVI.

87 — Bois de marquise, style Louis XVI, en bois sculpté à rais de
cœurs, piastres, etc.

88 — Deux Bois de marquise, style Louis XIV, modèle à coquilles.

89 — Bois de Bergère, du temps de Louis XVI, modèle à colon-
nettes.

90 — Beau Bois de fauteuil, style Louis XVI, en noyer sculpté à
coquilles, pieds de biche.

91 — Beau Bois de fauteuil, du temps de Louis XVI, finement sculpté à coquilles et fleurs.

92 — Beau Bois de fauteuil, du temps de Louis XIV, modèle à coquilles et ornements.

93 — Beau Bois de fauteuil, copié sur le précédent.

94 — Deux Bois de fauteuil, du temps de Louis XV, en bois peint.

95 — Bois de fauteuil, bois noir sculpté à coquilles, style Louis XIV.

96 — Bois de fauteuil, sculpté à fleurettes, époque Régence.

97 — Bois de fauteuil, sculpté. à fleurettes, époque Louis XV.

98 — Trois Bois de fauteuil, style Louis XVI, bois sculpté à postes de dessins différents.

100 — Trois Bois de fauteuil, du temps de Louis XVI, à cannelures.

102 — Bois de fauteuil, style Louis XVI, bois sculpté à rais de cœurs.

103 — Bois de fauteuil, style Louis XVI, bois sculpté à perles et rais de cœurs.

104 — Bois de fauteuil, style Louis XVI, sculpté à coquille.

105 — Bois de fauteuil, style Louis XVI, bois sculpté à feuilles d'acanthe, rosaces, cannelures.

106 — Bois de fauteuil à médaillon, en bois sculpté, du temps de Louis XVI.

107 — Bois de fauteuil, en bois sculpté, modèle à ruban, style Louis XVI.

108 — Bois de chaise, style Louis XVI, sculpté à rais de cœurs.

110 — Cinq Bois de chaise, style Louis XVI, modèle à vase.

111 — Bois de chaise, style Louis XVI, modèle à piastres.

112 — Bois de chaise, à médaillon, style Louis XVI, modèle à ruban, piastres, etc.

113 — Bois de chaise, style Louis XVI, bois noir et or, sculpté à rais de cœurs, godrons, etc.

114 — Bois de chaise, style Louis XVI, en noyer sculpté à ruban, rais de cœurs.

115 — Bois de chaise, style Louis XVI, modèle à rais de cœurs et perles.

116 — Bois de chaise, style Louis XV, acajou et cuivre, modèle à lyre.

117 — Trois Bois de chaise, style Louis XV, hêtre sculpté.

118 — Deux Bois de chaise, style Louis XV, noyer et or.

118 *bis* — Bois de chaise du temps de Louis XIV, sculpté à fleurettes.

119 — Beau Bois de chaise, style Louis XVI, bois sculpté à draperie, lambrequin et vase.

120 — Bois de chaise du temps de Louis XVI, bois sculpté.

121-212 — Sièges et Bois de sièges de divers styles : Canapés, Fauteuils, Chaises, Chaises longues, Tabourets, etc.

MEUBLES

EN BOIS SCULPTÉ

213 — Grande Cheminée en chêne sculpté peint en noir, à rehauts d'or, style de la Renaissance. Elle est ornée de deux colonnes cannelées à chapiteaux corinthiens, le dessus orné de cariatides de femmes, encadre un panneau de velours brodé d'or dans le même style.

214 — Vitrine du temps de Louis XV en bois sculpté, à rehauts d'or, modèle à rocailles ; à deux vantaux vitrés. Intérieur garni en velours.

215 — Buffet en bois sculpté à deux corps. Le bas à deux vantaux pleins, le haut à deux vantaux vitrés. Travail flamand du temps de Louis XIV.

216 — Buffet à deux corps et à quatre vantaux en chêne sculpté, fin Louis XIV.

217 — Bahut en bois sculpté, offrant sur la face et les côtés onze panneaux anciens à figures de personnages.

218 — Bahut sur colonnes en noyer sculpté à fond or. Travail italien, style Renaissance.

219 — Huche en chêne sculpté, à colonnes cannelées, xviiᵉ siècle.

220 — Grande Armoire ancienne en chêne, décorée de moulures, époque Louis XIII.

221 — Commode en chêne sculpté garnie de bronzes, époque Louis XIV.

222 — Grande Table à quatre faces en bois sculpté et doré, style Louis XIV, avec dessus de marbre brèche violette.

223 — Très belle Console en bois sculpté du temps de Louis XIV, modèle à trophée d'armes, coquilles, fleurs, etc.

224 — Très belle Console en bois finement sculpté à coquilles, feuilles d'acanthe, oves, etc., époque Louis XIV.

225 — Belle Console en bois sculpté peint en gris, à rocailles, coquilles, etc., époque Louis XV.

226 — Belle Console en bois sculpté à enroulements, marguerites, feuilles d'acanthe, époque Louis XVI.

227 — Console en bois sculpté et doré style Louis XVI, modèle à vase, couronne de lauriers. Dessus de marbre blanc.

228 — Console Louis XV en bois sculpté peint en gris, modèle à vase et guirlande de feuillage.

229 — Console italienne en bois sculpté et doré

230 — Console Louis XVI, bois sculpté et doré, modèle à rais de cœurs, perles et cannelures.

231 — Console en bois sculpté peint en gris, style Louis XV.

232 — Console Louis XVI, bois doré, modèle à vase.

233 — Petite Table à deux tablettes en bois sculpté et doré, modèle à draperies, garnie en peluches, style Louis XVI.

234 — Petit Coffre-Bahut en bois sculpté.

235 — Gaine Louis XIV, modèle à console, en bois sculpté blanc et or.

236 — Jardinière parure coquille, supportée par un groupe de trois amours en noyer sculpté et ciré (la coquille dorée.)

237 — Grande Jardinière en noyer sculpté, à ornements et figures, style Renaissance.

238 — Deux Boiseries de salon avec cadres de glace, en bois peint en gris, style Louis XVI.

239 — Belle Glace biseautée avec cadre en bois sculpté et doré, style Louis XIV, modèle à coquilles, têtes d'Indiennes, fleurs, etc.

240 — Autre belle Glace, même style, modèle à dragons, têtes d'aigles, vase de fleurs, etc.

241 — Beaux Cadres en bois sculpté du temps de Louis XIV.

242 — Petit Cadre Louis XVI en bois doré.

243 — Petit Cadre italien, bois sculpté et doré.

244 — Petit Cadre doré, style Louis XVI.

245 — Petite Glace, cadre bois doré, du temps de Louis XVI.

246 — Autre Glace de la même époque.

247 — Bois de lit style Louis XV, hêtre sculpté, non garni.

248-249 — Deux anciens devants de Bahuts, bois sculpté à rinceaux et fleurs.

250 Devant de Bahut ancien, en bois sculpté, représentant Vénus couchée et des ornements.

251 — Devant de Bahut ancien, bois sculpté, à rinceaux terminés par des têtes de femmes.

252 -- Devant de Bahut ancien, décoré de deux cartels à figures de Vénus couchée et d'ornements.

MEUBLES

EN MARQUETERIE, VERNIS MARTIN, PALISSANDRE, ETC.

253 — Très belle Commode, en marqueterie de bois, à médaillons de fleurs, richement garnie de bronzes, style Louis XVI.

254 — Commode en palissandre, garnie de bronzes, époque Louis XIV.

255 — Commode du temps de Louis XVI, en acajou, à colonnes cannelées, garnie de cuivres.

255 *bis* — Vitrine en acajou, garnie de cuivre, époque Louis XVI.

256 -- Cabinet italien à abattant, en ébène décoré de plaques d'ivoire gravées à sujets guerriers, XVII° siècle.

257 — Petite Table à ouvrage en vernis, genre de Martin, décorée de sujets en couleurs.

258 — Petite Table à ouvrage de même travail.

259 — Table travailleuse, bois noir, à deux tablettes, avec galeries à balustres en ivoire.

260 — Encoignure à Étagère, en bois laqué, décorée de figures, ornements et fleurs.

261 — Encoignure en bois laqué, décorée d'un sujet représentant la Crèche. Dessus de marbre.

262 — Écran, style Louis XVI, en bois finement sculpté à feuilles d'eau et chutes de fleurs, garni en perse de soie.

263 — Écran secrétaire, style Louis XVI, bois doré, garni en soie peinte.

264 — Écran secrétaire, style Louis XV, en noyer sculpté à rehauts d'or, garni en cretonne genre tapisserie.

265-266 — Deux Servantes en bois noir incrusté d'ivoire.

267 — Joli Buffet anglais en noyer sculpté, style Renaissance, le bas supporté par deux colonnes basses, ouvre à deux vantaux pleins et un tiroir; le haut forme vaissellier.

268 — Bibliothèque à deux corps, en bois noir sculpté et à filets or, style Renaissance, le bas à deux vantaux pleins, le haut à deux vantaux vitrés, surmonté d'un fronton à groupe d'amours et vases.

269-270 — Deux Meubles à hauteur d'appui, en bois noir, à deux vantaux et deux tiroirs, style Louis XIII.

271 — Meuble à dessin, formant pupitre à écrire debout, en bois noir, le bas à quatre tiroir à abattant, style Louis XIII.

272 — Vitrine en bois recouvert de peluche bleu marine, sur pied en bois de fer, style chinois.

273 — Table de salon, style Louis XVI, en palissandre et bois rose. garnie de cuivre.

274 — Armoire en bois noir, à une porte à glace biseautée, style Louis XV.

275 — Armoire en palissandre. à une porte à glace biseautée, style Louis XVI.

276 — Armoire en palissandre et bois de violette, à une porte à glace biseautée, style Louis XVI.

277 — Lit, style Louis XV. er palissandre sculpté, avec sommier.

278 — Lit, style Louis XVI, en palissandre sculpté, avec sommier.

279 — Lit, style Louis XV, en palissandre sculpté et ciré, avec sommier.

280 — Lit, style Louis XVI, en sycomore.

281 — Lit anglais, en cuivre, avec sommier.

282-315 — Meubles divers non catalogués : Commodes, Chiffonniers, Tables de nuit, Tables diverses, Paravents, Écrans, Glaces, etc.

BRONZES — MARBRES

316 — Grande Pendule avec socle, style Louis XIV, en marqueterie, genre Boule, garnie de bronzes.

317-318 — Deux grands Cartels, Pendule et Baromètre, en bronze, style Régence, modèle l'un à groupes de Vénus et l'Amour, et l'autre à figure de Jupiter, surmontés tous deux du char de l'amour.

319-320 — Deux Cartels, Pendule et Baromètre, en bronze doré, style Louis XVI, modèle à vase et guirlandes de fleurs.

321 — Petit Cartel, en bronze doré, style Louis XV.

322 — Lustre à trente-cinq lumières, en bronze et cristaux.

323 — Petit Lustre à vingt-quatre lumières, en bronze garni de cristaux.

324 — Lustre, style Louis XVI, à trente-six lumières, en bronze et cristaux.

324 *bis* — Lustre à vingt-cinq lumières, en bronze.

325 — Lustre en bronze orné de cristaux.

325 *bis* — Lustre, en verre de Venise, à six lumières.

326 — Paire d'Appliques à dix lumières, en bronze et cristaux.

327-328 — Deux Lanternes à six pans, en fer forgé noir.

329 — Deux Flambeaux, en cuivre gravé, travail persan.

330 — Paire de grandes Lampes, en craquelé, à décor bleu.

331 — Beau Buste d'empereur romain, en marbre blanc sculpté.

332 — Buste d'empereur romain, en marbre blanc avec chlamyde en marbre de couleur.

333 — Médaillon en marbre blanc : Portrait d'homme du temps de Louis XV, cadre en chêne sculpté.

334 — Deux Statuettes, en terre cuite : Enfants symbolisant la terre et l'eau, époque Louis XIV.

335 — Deux belles Statues, en terre cuite : Femmes supportant un plateau, sur socles en bois noir, signées F. Leenhoff 1875. — Hauteur sans le socle : 1ᵐ90.

336 — Statuettes, en marbre blanc, par G. Oldofredi : Femme à sa toilette.

337 — Deux Figures d'amour, en bois sculpté et doré.

338 — Deux Bustes en plâtre : Apollon et Diane, sur colonnes en bois peint en blanc à cannelures.

339 — Paire de grands Vases en émail cloisonné du Japon.

340 — Paire de Vases plus petits, en émail cloisonné du Japon.

341-344 — Bronzes et Pendules non catalogués.

Paris. Impr. Éd. Duruy, 22, rue Dussoubs.

9 782329 295855